最美古诗词

纸上的时光 古人的四季

苏轼

一蓑烟雨任平生

五洲传播出版社
China Intercontinental Press

图书在版编目（CIP）数据
苏轼 : 一蓑烟雨任平生 / (宋) 苏轼著. -- 北京 : 五洲传播出版社, 2024. 7. -- ISBN 978-7-5085-5240-8
Ⅰ. I207.23
中国国家版本馆CIP数据核字第2024RR1192号

出 版 人：关 宏
责任编辑：梁 媛
装帧设计：山谷有魚　张伯阳

苏轼：一蓑烟雨任平生
出版发行：五洲传播出版社
地　　址：北京市海淀区北三环中路31号生产力大楼B座6层
邮　　编：100088
电　　话：010-82005927，82007837
网　　址：www.cicc.org.cn,www.thatsbook.com
印　　刷：北京利丰雅高长城印刷有限公司
版　　次：2024 年 7 月第 1 版第 1 次印刷
开　　本：889 mm × 1194 mm　1/32
印　　张：5
字　　数：50千
定　　价：49.80元

序

凭一首诗词、半幅古画

执本之人与古人隔世相遇

一起感受春雨夏花、秋果冬雪

记录下属于自己的四时之美与人生离合

当你爱上诗歌

你将会爱上这个世界

春望

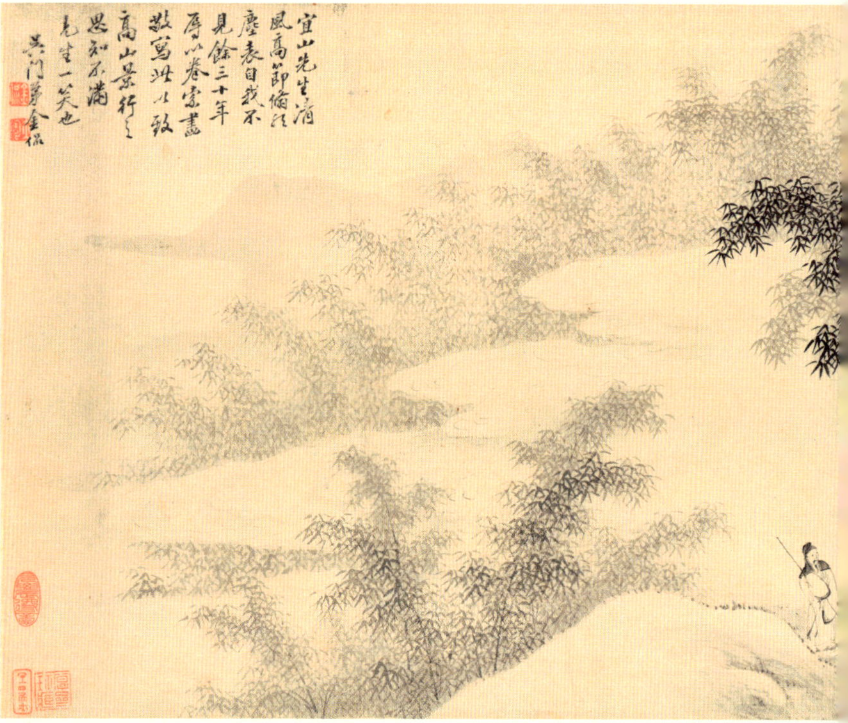

定风波·莫听穿林打叶声

【北宋】苏轼

莫听穿林打叶声，何妨吟啸且徐行。
竹杖芒鞋轻胜马，谁怕？一蓑烟雨任平生。
料峭春风吹酒醒，微冷，山头斜照却相迎。
回首向来萧瑟处，归去，也无风雨也无晴。

题西林壁

【北宋】苏轼

横看成岭侧成峰，远近高低各不同。
不识庐山真面目，只缘身在此山中。

惠崇春江晓景（其一）

【北宋】苏轼

竹外桃花三两枝，春江水暖鸭先知。
蒌蒿满地芦芽短，正是河豚欲上时。

蝶恋花·春景

【北宋】苏轼

花褪残红青杏小。
燕子飞时，绿水人家绕。
枝上柳绵吹又少，
天涯何处无芳草。
墙里秋千墙外道。
墙外行人，墙里佳人笑。
笑渐不闻声渐悄，
多情却被无情恼。

蝶恋花·春事阑珊芳草歇

【北宋】苏轼

春事阑珊芳草歇。
客里风光，又过清明节。
小院黄昏人忆别。
落红处处闻啼鴂。
咫尺江山分楚越。
目断魂销，应是音尘绝。
梦破五更心欲折。
角声吹落梅花月。

减字木兰花·莺初解语

【北宋】苏轼

莺初解语，最是一年春好处。
微雨如酥，草色遥看近却无。
休辞醉倒，花不看开人易老。
莫待春回，颠倒红英间绿苔。

浣溪沙·细雨斜风作晓寒

【北宋】苏轼

细雨斜风作晓寒，
淡烟疏柳媚晴滩。
入淮清洛渐漫漫。
雪沫乳花浮午盏，
蓼茸蒿笋试春盘。
人间有味是清欢。

蓮溪漁隱圖
仇英實父製

江城子·墨云拖雨过西楼

【北宋】苏轼

墨云拖雨过西楼。水东流，晚烟收。
柳外残阳，回照动帘钩。
今夜巫山真个好，花未落，酒新篘。
美人微笑转星眸。月华羞，捧金瓯。
歌扇萦风，吹散一春愁。
试问江南诸伴侣，谁似我，醉扬州。

蝶恋花·雨霰疏疏经泼火

【北宋】苏轼

雨霰疏疏经泼火。
巷陌秋千，
犹未清明过。
杏子梢头香蕾破，
淡红褪白胭脂涴。
苦被多情相折挫。
病绪厌厌，浑似年时个。
绕遍回廊还独坐，
月笼云暗重门锁。

虞美人·深深庭院清明过

【北宋】苏轼

深深庭院清明过。
桃李初红破，
柳丝搭在玉阑干。
帘外潇潇微雨、做轻寒。
晚晴台榭增明媚。
已拼花前醉，
更阑人静月侵廊。
独自行来行去、好思量。

望江南·超然台作

【北宋】苏轼

春未老，风细柳斜斜。
试上超然台上望，半壕春水一城花。
烟雨暗千家。
寒食后，酒醒却咨嗟。
休对故人思故国，且将新火试新茶。
诗酒趁年华。

夏夜

饮湖上·初晴后雨

【北宋】苏轼

水光潋滟晴方好，山色空蒙雨亦奇。

欲把西湖比西子，淡妆浓抹总相宜。

念奴娇·赤壁怀古

【北宋】苏轼

大江东去，浪淘尽、千古风流人物。
故垒西边，人道是、三国周郎赤壁。
乱石穿空，惊涛拍岸，卷起千堆雪。
江山如画，一时多少豪杰。
遥想公瑾当年，小乔初嫁了，雄姿英发。
羽扇纶巾，谈笑间，樯橹灰飞烟灭。
故国神游，多情应笑我，早生华发。
人生如梦，一樽还酹江月。

渔家傲·七夕 【北宋】苏轼

皎皎牵牛河汉女，
盈盈临水无由语。
望断碧云空日暮。
无寻处，
梦回芳草生春浦。
鸟散余花纷似雨，
汀洲苹老香风度。
明月多情来照户。
但揽取，清光长送人归去。

永遇乐·彭城夜宿燕子楼

【北宋】苏轼

明月如霜，好风如水，清景无限。
曲港跳鱼，圆荷泻露，寂寞无人见。
紞如三鼓，铿然一叶，黯黯梦云惊断。
夜茫茫，重寻无处，觉来小园行遍。
天涯倦客，山中归路，望断故园心眼。
燕子楼空，佳人何在？空锁楼中燕。
古今如梦，何曾梦觉，但有旧欢新怨。
异时对、黄楼夜景，为余浩叹！

鹊桥仙·乘槎归去

【北宋】苏轼

乘槎归去，成都何在，万里江沱汉漾。
与君各赋一篇诗，留织女、鸳鸯机上。
还将旧曲，重赓新韵，须信吾侪天放。
人生何处不儿嬉，看乞巧、朱楼彩舫。

阮郎归·初夏

【北宋】苏轼

绿槐高柳咽新蝉，
薰风初入弦。
碧纱窗下水沉烟。
棋声惊昼眠。
微雨过，小荷翻，
榴花开欲然。
玉盆纤手弄清泉，
琼珠碎却圆。

贺新郎·夏景

【北宋】苏轼

乳燕飞华屋。
悄无人、桐阴转午，晚凉新浴。
手弄生绡白团扇，扇手一时似玉。
渐困倚、孤眠清熟。
帘外谁来推绣户，枉教人、梦断瑶台曲。
又却是，风敲竹。
石榴半吐红巾蹙。
待浮花、浪蕊都尽，伴君幽独。
秾艳一枝细看取，芳心千重似束。
又恐被、秋风惊绿。
若待得君来向此，花前对酒不忍触。
共粉泪，两簌簌。

聽阮圖
乙巳五月冰之為
康山八兄寫意

六月二十七日望湖楼醉书

【北宋】苏轼

黑云翻墨未遮山，白雨跳珠乱入船。
卷地风来忽吹散，望湖楼下水如天。

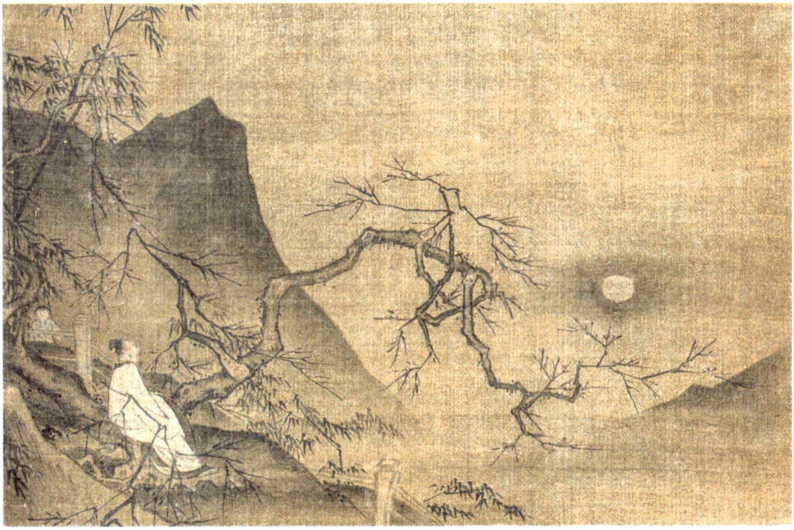

和子由四首·首夏官舍即事

【北宋】苏轼

安石榴花开最迟，绛裙深树出幽菲。
吾庐想见无限好，客子倦游胡不归。
坐上一樽虽得满，古来四事巧相违。
令人却忆湖边寺，垂柳阴阴昼掩扉。

秋兴

水调歌头·明月几时有

【北宋】苏轼

明月几时有？把酒问青天。
不知天上宫阙，今夕是何年。
我欲乘风归去，又恐琼楼玉宇，
高处不胜寒。
起舞弄清影，何似在人间！
转朱阁，低绮户，照无眠。
不应有恨，何事长向别时圆？
人有悲欢离合，月有阴晴圆缺，
此事古难全。
但愿人长久，千里共婵娟。

浣溪沙·新秋

【北宋】苏轼

风卷珠帘自上钩。
萧萧乱叶报新秋。
独携纤手上高楼。
缺月向人舒窈窕，
三星当户照绸缪。
香生雾縠见纤柔。

西江月·世事一场大梦

【北宋】苏轼

世事一场大梦，人生几度秋凉？
夜来风叶已鸣廊。看取眉头鬓上。
酒贱常愁客少，月明多被云妨。
中秋谁与共孤光。把盏凄然北望。

屏翳收風川后靜
波馮夷鳴鼓女媧
清歌騰文魚以警
乘鳴玉鸞以偕逝

阳关词三首·中秋月

【北宋】苏轼

暮云收尽溢清寒，银汉无声转玉盘。

此生此夜不长好，明月明年何处看。

点绛唇·不用悲秋

【北宋】苏轼

不用悲秋，今年身健还高宴。
江村海甸，
总作空花观。
尚想横汾，兰菊纷相半。
楼船远，白云飞乱。
空有年年雁。

念奴娇·凭高眺远

【北宋】苏轼

凭高眺远，见长空万里，云无留迹。
桂魄飞来光射处，冷浸一天秋碧。
玉宇琼楼，乘鸾来去，人在清凉国。
江山如画，望中烟树历历。
我醉拍手狂歌，举杯邀月，对影成三客。
起舞徘徊风露下，今夕不知何夕。
便欲乘风，翻然归去，何用骑鹏翼？
水晶宫里，一声吹断横笛。

谒金门·秋兴

【北宋】苏轼

秋池阁。
风傍晓庭帘幕，
霜叶未衰吹未落，
半惊鸦喜鹊。
自笑浮名情薄，
似与世人疏略。
一片懒心双懒脚，
好教闲处著。

菩萨蛮·井桐双照新妆冷

【北宋】苏轼

井桐双照新妆冷，
冷妆新照双桐井。
羞对井花愁，
愁花井对羞。
影孤怜夜永，
永夜怜孤影。
楼上不宜秋，
秋宜不上楼。

谒金门·秋夜

【北宋】苏轼

秋帷里，
长漏伴人无寐。
低玉枕凉轻绣被，
一番秋气味。
晓色又侵窗纸，
窗外鸡声初起。
声断几声还到耳，
已明声未已。

蓮花冠子道人衣日侍君王宴
紫微花柳不知人已去年、鬬綠
與爭緋
蜀後主每於宮中裹小巾命宮妓
衣道衣冠蓮花冠日尋花柳以
侍酣宴蜀之謠已溢耳矣而主之
不挹注之竟至濫觴俾後想搖
頭之令不無扼腕唐寅

行香子·秋与

【北宋】苏轼

昨夜霜风，先入梧桐。浑无处、回避衰容。
问公何事，不语书空。
但一回醉，一回病，一回慵。
朝来庭下，光阴如箭。似无言、有意伤侬。
都将万事，付与千钟。
任酒花白，眼花乱，烛花红。

冬至

江城子·乙卯正月二十日夜记梦

【北宋】苏轼

十年生死两茫茫，不思量，自难忘。
千里孤坟，无处话凄凉。
纵使相逢应不识，尘满面，鬓如霜。
夜来幽梦忽还乡，小轩窗，正梳妆。
相顾无言，惟有泪千行。
料得年年肠断处，明月夜，短松冈。

蝶恋花·密州上元

【北宋】苏轼

灯火钱塘三五夜。
明月如霜，照见人如画。
帐底吹笙香吐麝。
此般风味应无价。
寂寞山城人老也。
击鼓吹箫，乍入农桑社。
火冷灯稀霜露下。
昏昏雪意云垂野。

临江仙·冬夜夜寒冰合井

【北宋】苏轼

冬夜夜寒冰合井，画堂明月侵帏。
青缸明灭照悲啼。
青缸挑欲尽，粉泪裛还垂。
未尽一尊先掩泪，歌声半带清悲。
情声两尽莫相违。
欲知肠断处，梁上暗尘飞。

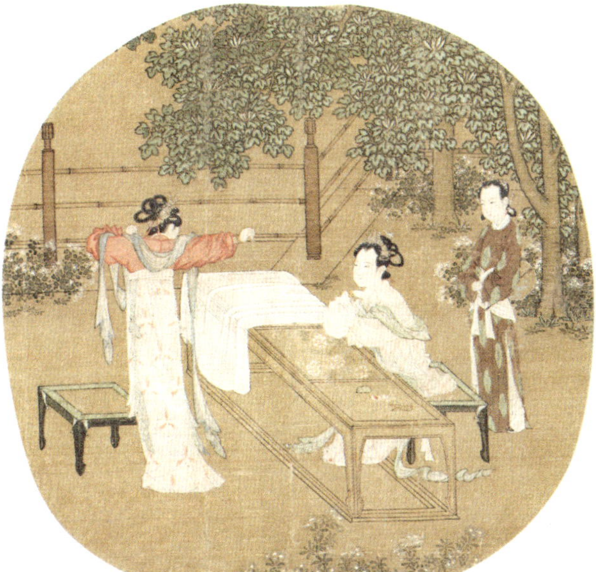

冬景

【北宋】苏轼

荷尽已无擎雨盖，菊残犹有傲霜枝。
一年好景君须记，最是橙黄橘绿时。

冬至日独游吉祥寺

【北宋】苏轼

井底微阳回未回，萧萧寒雨湿枯荄。
何人更似苏夫子，不是花时肯独来。

江神子·黄昏犹是雨纤纤

【北宋】苏轼

黄昏犹是雨纤纤。晓开帘，欲平檐。
江阔天低、无处认青帘。
孤坐冻吟谁伴我？揩病目，捻衰髯。
使君留客醉厌厌。水晶盐，为谁甜？
手把梅花、东望忆陶潜。
雪似故人人似雪，虽可爱，有人嫌。

江神子·冬景

【北宋】苏轼

相逢不觉又初寒，对尊前，惜流年。
风紧离亭，冰结泪珠圆。
雪意留君君不住，从此去，少清欢。
转头山下转头看，路漫漫，玉花翻。
银海光宽，何处是超然？
知道故人相念否，携翠袖，倚朱阑。

菩萨蛮·回文冬闺怨

【北宋】苏轼

雪花飞暖融香颊，颊香融暖飞花雪。
欺雪任单衣，衣单任雪欺。
别时梅子结，结子梅时别。
归不恨开迟，迟开恨不归。

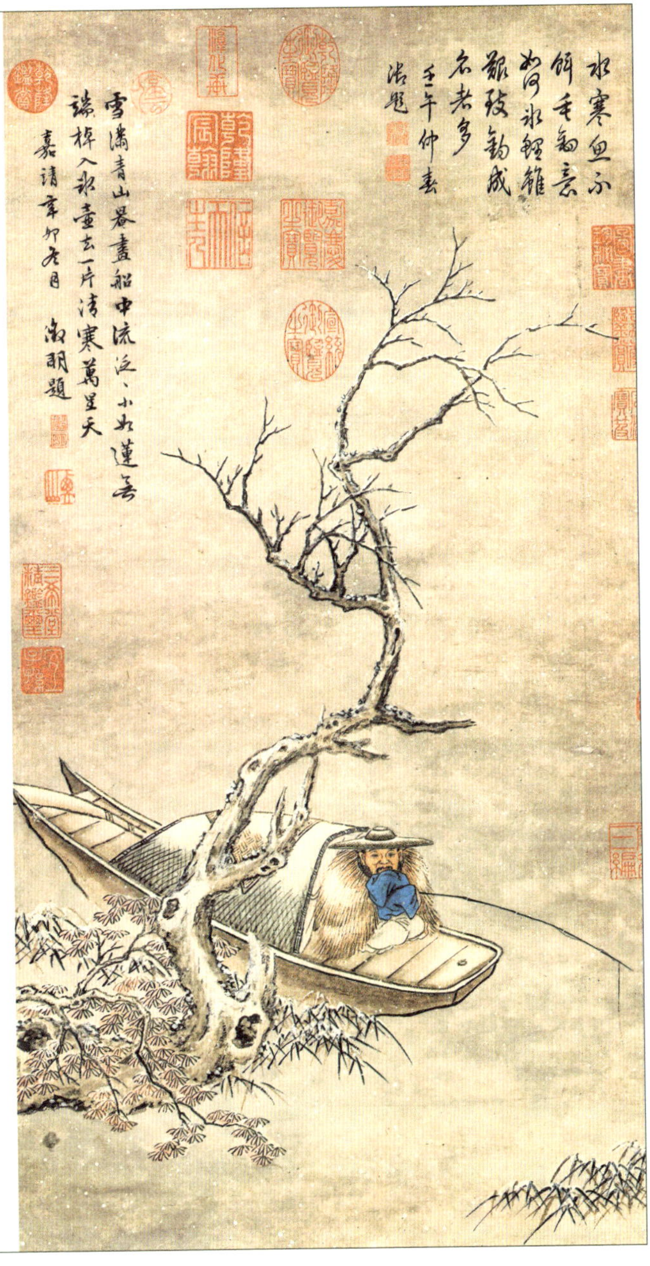

雪后到乾明寺遂宿

【北宋】苏轼

门外山光马亦惊，阶前屐齿我先行。
风花误入长春苑，云月长临不夜城。
未许牛羊伤至洁，且看鸦鹊弄新晴。
更须携被留僧榻，待听催檐泻竹声。